なきむし

いまむらあしこ・作
にしざかひろみ・絵

理論社

なきむし

もくじ

第《だい》1話《わ》　なきむし

なみだの川《かわ》

勇気《ゆうき》くんは、まったく、へんな子《こ》でした。

その勇気《ゆうき》くんが、いきなり、名《な》まえとは　ぜんぜん　はんたいの、〈なきむし〉という　あだ名《な》を　もらったのは、なんと、転校《てんこう》してきた、その第《だい》一日目《にちめ》のことでした。もちろん　それは、その日《ひ》、勇気《ゆうき》くんが、はでに、ないたからです。

そのときのことを、わたしは、はっきりと　おぼえています。なぜなら　わたしは、あんな　へんな、なきかたを　する子《こ》を、そのときまで、

見《み》たことが　なかったからです。
先生《せんせい》に　しょうかいされた　勇気《ゆうき》くんは、どちらかといえば　やせっぽちの、目《め》だたない、どこにでもいるような　子《こ》でした。なんといっても、転校《てんこう》してきた　最初《さいしょ》の日《ひ》なのですから、勇気《ゆうき》くんだって、おとなしくしていましたし、クラスの　みんなも、勇気《ゆうき》くんのことなんか、すこしも　気《き》にしていませんでした。でも、三時間目《じかんめ》が　終《お》わったあとの休《やす》み時間《じかん》に、さわぎが　はじまったのです。
あけはなした　教室《きょうしつ》の　まどから、一羽《わ》の　スズメが、教室《きょうしつ》に　とびこんできて、そこらじゅうを　とびまわりはじめたのが、はじまりの合図《あいず》でした。
「よしっ、つかまえるぞ！　みんな、まどを　しめろ！」
とさわぎはじめたのは、クラスいちばんの　ガキ大将《だいしょう》、ふとって　大《おお》きなトオルくんです。まどがわの　席《せき》の子《こ》は、みんな　いそいで、まどをしめました。スズメは、大《おお》きな声《こえ》で　なきながら、天《てん》じょうすれすれのところを、ぱたぱた　ぱたぱたと、とびまわっています。

ところで、スズメが、チュン、チュン、となくというのは、ほんとうでしょうか？

教室《きょうしつ》に　まよいこんだ　そのスズメは、なんだか、むねが　いたくなるような　大《おお》きな声《こえ》で、ジョン！　ジョン！　となきさけんでいました。

すると、まどの外《そと》に、もう一羽《わ》の　スズメがきて、むねが　はりさけそうな声《こえ》で、ジョアン！　ジョアン！　となきました。

男《おとこ》の子《こ》たちは　みんな、つくえの上《うえ》に　とびのって、ばんざいを　するような　かっこうで、スズメを　おいかけ、そこらじゅう、大《おお》さわぎになりました。女《おんな》の子《こ》たちも　こうふんして、キャーキャー、声《こえ》を　あ

げました。二羽《わ》の　スズメは、ひっきりなしに、のどから　血《ち》がでるような声《こえ》で、ジョン！　ジョン！　ジョアン！　ジョアン！　となきかわしていました。

そのときです。

「みんな、やめて！」

という、するどい声《こえ》が　ひびいたのは。

それが　なんと、転校生《てんこうせい》の　勇気《ゆうき》くんでした。転校《てんこう》してきて、まだ三時間《じかん》しか　たっていない勇気《ゆうき》くんが、黒板《こくばん》の前《まえ》に立《た》って、大声《おおごえ》で、

「おねがい、やめて！　それ、子《こ》スズメだよ。まどの　外《そと》にいるのが、かあさんなんだ。おねがい、にがしてやって！　おねがい！」

とさけんでいたのです。

そして、勇気《ゆうき》くんは、なきはじめたのでした。ああ、その　なきかた

といったら！

勇気《ゆうき》くんは、すこしも　声《こえ》を　だしませんでした。表情《ひょうじょう》を　かえるわけでもありません。ただ、大《おお》きく　見《み》ひらいた　目《め》から、なみだが、つぎつぎ　つぎつぎと、はてもなく、ながれおちるのです。

「おねがい、みんな、にがしてやって！　おねがい！」

という声《こえ》も、なき声《ごえ》なんかではない、ふつうの　声《こえ》です。

ただ、なみだだけが、はてもなく、こぼれおちてくるのです！

教室《きょうしつ》は、シーンと、しずまりかえりました。ガキ大将《だいしょう》の　トオルくんでさえ、つくえの上《うえ》で、ばんざいのような　かっこうをしたまま、すっかり、かたまってしまっていました。ジョン！　ジョン！　ジョアン！　ジョアン！　二羽《わ》の　スズメだけが、まどの　内《うち》と外《そと》とで、なきかわしています。

勇気《ゆうき》くんの　なみだは、ぽろぽろと、こぼれおちます。いいえ、それはまるで、どこかで　なにかが　こわれてしまったみたいに、ながれおちてくるのです！　まったく、見《み》ているだけで、むねが　いたくなるような、なみだの川《かわ》です。

やがて、まどがわの　だれかが、そーっと　まどを　あけると、みんなが、それに　つづきました。だれも、なにも　いいません。うごくものも、ありません。

ジョン！　ジョン！　子《こ》スズメが　まどの外《そと》に　とびだして、かあさんスズメと　いっしょに、屋根《やね》の上《うえ》に　すがたをけすと、教室《きょうしつ》じゅうから、ほーっと、ためいきのような声《こえ》が、わきあがりました。

はじめの日《ひ》、つまり、勇気《ゆうき》くん第《だい》一日目《にちめ》、あるいは、なきむし第《だい》一日《にち》目《め》の　できごとは、たった、これだけのことでした。そのあとの　勇気《ゆうき》くんは、やっぱり、しずかで　目《め》だたず、みんな　それっきり、勇気《ゆうき》くんのことなんか、わすれてしまったようでした。ただ、ガキ大将《だいしょう》の　トオル君《くん》が、おこったような声《こえ》で、

「ふん！　なにが　勇気《ゆうき》だよ。ただの、なきむしじゃないか。」

といっただけでした。

われたガラス

つぎに　勇気《ゆうき》くんが　ないたのは、トオルくんたちが、ふざけていて、サッカー・ボールで、教室《きょうしつ》の　まどガラスを　わった日《ひ》でした。

トオルくんたちが　わったのに、なぜ勇気《ゆうき》くんが　ないたのかというと、それは、勇気《ゆうき》くんが　へんな子《こ》だからです。なにか、しかられるようなことが　おきてしまったとき、ふつうの子《こ》なら、そこから、できるだけ　はなれるのが、あたりまえでは　ないでしょうか？　それなのに勇気《ゆうき》くんは、そこにかけよって、一人《ひとり》でガラスの　かけらを、あつめて

いたのです。自分《じぶん》でわったのでもないのに、こんなへんな子《こ》は、見《み》たことがありません。

そこに、田村先生《たむらせんせい》がやってきました。わたしたちの担任《たんにん》の田村《たむら》先生《せんせい》は、若《わか》い人気者《にんきもの》の男《おとこ》の先生《せんせい》ですが、場合《ばあい》によっては、ものすごくこわい先生《せんせい》なのです。

「どうした勇気《ゆうき》、きみがやったのか？」

先生《せんせい》は、勇気《ゆうき》くんにきびしい声《こえ》でいいました。もちろん、勇気《ゆうき》くんは、

「ちがいます。」

とこたえました。話《はなし》がややこしくなったのは、それからのことです。

「それじゃあ、だれがやった？」

先生《せんせい》がいくらきいても、勇気《ゆうき》くんはこたえません。トオルくんた

ちは、みんなのうしろに　かたまって、じっと、そのようすを　見《み》ています。

「どうした、なぜ、こたえない？」

「………」

「ガラスを　わったのは、だれだ？」

先生《せんせい》は、ぐるりと、みんなを　見《み》わたして　ききます。

だれも、なにもいいません。というよりは、だれも、なにもいえないのです。トオルくんたちだといえば、あとで、しかえしをされるのが、こわいからです。

「よし、わかった。ガラスを　わったのは、きみじゃない。しかし、だれがやったかは、いえないと、そういうわけだな。」

「そうです。」

「なぜだ？」

先生《せんせい》と勇気《ゆうき》くんが、あつめられた、ガラスのかけらを　まん中《なか》にして、むかいあっています。

教室《きょうしつ》は、シーンと　しずまりかえっています。

「それは、どうしてなんだ？」

「……」

「やったものの　名前《なまえ》をいえば、あとで　まずいことになるのか？　いえば、あとで、しかえしを　されるからか？」

「ちがいます。」

「じゃ、なぜだ？」

先生《せんせい》と勇気《ゆうき》くんの　あいだの空気《くうき》が、ピーンと　はりつめます。

ぽろり！　勇気《ゆうき》くんのなみだが、こぼれはじめたのは、そのときでした。

それは、子《こ》スズメのときと、まったく　おなじでした。勇気《ゆうき》くんは、声《こえ》を出《だ》すわけでもなく、表情《ひょうじょう》を　かえるわけでもありません。ただ、まっすぐ　先生《せんせい》を見《み》つめて、大《おお》つぶの　なみだを、ぽろぽろ、ぽろぽろと、こぼしつづけるのです。そのなみだを、ふこうともしません。先生《せんせい》も　じっと、勇気《ゆうき》くんを　見《み》つめています。

わたしの胸《むね》は、ドキドキして、いまにも　はりさけそうでした。教室《きょうしつ》は、こおりついたように、しずまりかえっています。

「………ぼくは。」

ようやく、勇気《ゆうき》くんが、口《くち》を　ひらきました。

「ぼくは……ぼくは、だれが　やったかなんて、つげぐちみたいな、ひきょうなことは　したくないんです。しかえしなんか、こわくありませ

ん。ぼくは、われたガラスが、あぶないと思《おも》っただけです。だれかが、ケガをするかもしれないからです。」

勇気《ゆうき》くんは、なみだを　ながしながら、まっすぐに　先生《せんせい》を　見《み》つめています。先生《せんせい》も、じっと　勇気《ゆうき》くんを　見《み》つめています。

わたしは、ああ！　と思《おも》いました。いいたいことが、いえないときの、くるしさや　くやしさは、わたしにも　おぼえがあります。でも、いま勇気《ゆうき》くんは、なみだを　ながしながら、先生《せんせい》にむかって、はっきりと、自分《じぶん》の気《き》もちを　いっています。

ああ！　うっとりとして、といったら、そのときの　わたしの気《き》もちに、いちばんぴったりすると　思《おも》います。それはなにか、とくべつな、とくべつな、なみだなのです。わたしの心《こころ》が、きれいに　あらわれるような、胸《むね》のつかえが、すーっと　とれるような、すがすがしい　なみだなのです。

「……よし、よくわかった。きみは、席《せき》に　もどって。」

田村先生《たむらせんせい》は、ふかく　うなずきました。勇気《ゆうき》くんを　見《み》つめる　先生《せんせい》の目《め》に、おどろきと、それとおなじくらいの、なんともいえない　やさしさがありました。

そのあと、先生《せんせい》は、みんなを　見《み》まわして、大《おお》きな声《こえ》で、きっぱりといいました。

「ガラスを　わったものは、正直《しょうじき》に　手《て》をあげて、前《まえ》に　でろ。」

トオルくんたちが、しぶしぶ　前《まえ》に　でました。

もちろん　先生《せんせい》は、トオルくんたちを　きびしく、しかりました。それは、まどガラスを　わったからではなく、すぐに　名《な》のりでなかったことを　しかったのです。それから、トオルくんたちは、われたガラス

を、ほうきと　ちりとりで　かたづけました。それも、田村先生《たむらせんせい》に　いわれてです。

それが、勇気《ゆうき》くん、あるいは、なきむしの、第二日目《だいにちめ》でした。

「ちぇっ、あのなきむしやろう、いいかっこしやがって。ただの　おせっかいやのくせして、けんか　うるつもりだな。」

ガキ大将《だいしょう》のトオルくんが、がりがりと、あたまを　かきむしりました。

ひきょうもの

そして　第三日目《だいにちめ》のことについては、わたしは、とても　ふくざつな思《おも》いなのです。いままでのことは、わたしには、ちょくせつ　かんけいのないことでした。でも、こんどのことについては、わたしも、むかんけいだとは、ぜったいに、いえないのです。

どのクラスにだって、トオルくんたちのような、いじめっ子《こ》が　いれば、かならず、いじめられっ子《こ》が　います。

わたしたちの　クラスでは、藤井《ふじい》くんが、いじめられっ子《こ》の役《やく》を、一《ひと》

人《り》で　ひきうけていました。それは　つまり、クラスみんなで、藤井《ふじい》くんを、いじめていたということです。
ちょくせつ、ことばやなにかで　いじめる人《ひと》たちがいて、その代表《だいひょう》は、トオルくんたちでした。でも、そのことに　はんたいせず、みんなで、藤井《ふじい》くんを　とおざけるようになれば、そのことも、りっぱな、いじめです。そして　わたしも、そういう、ひきょうななかまの　一人《ひとり》だったのです。
メガネを　かけた、内気《うちき》な藤井《ふじい》くんを　いじめるのなんか、かんたんでした。
「ちかよるな。おまえは、くさいんだよ。」
トオルくんが　いいます。すると、なかまたちが、はなを　つまんで、手先《てさき》を　うごかして、藤井《ふじい》くんに、あっちへ行《い》けという　合図《あいず》をします。

たった　それだけで　いいのです。
それだけで　藤井《ふじい》くんは、だまって　うつむいて、自分《じぶん》の席《せき》で　小《ちい》さくなります。なくわけでも、もんくを　いうわけでも　ありません。ただ、ひとりぼっちで、いつも、じっと　つくえに　むかっています。
でも　それは、あたりまえのことです。
なぜなら、わたしたち　女《おんな》の子《こ》も、いつのまにか、藤井《ふじい》くんの　そばをとおるときには、さも　藤井《ふじい》くんが、ほんとうに　くさいかのように、片手《かたて》で、はなと口《くち》を　おさえて、小走《こばし》りに　とおるようになっていたからです。藤井《ふじい》くんには、近《ちか》づくものも　なければ、話《はな》しかけるものもありません。
わたしは、正直《しょうじき》に　いいます。
わたしも、藤井《ふじい》くんの　そばを　とおるときには、はなと口《くち》を　片手《かたて》

国語

でおさえて、さっと、とおりすぎるように　していたのです。

なぜ？

もちろん、みんなが　そうしたからです。みんなの　するとおりに、自分《じぶん》も　する。それほど、かんたんなことは　ありません。それが、いちばんらくな、やりかたなのです。みんなが　みんな　そうするのなら、あえて、それに　はんたいする必要《ひつよう》が　あるでしょうか？

でも　わたしは、ときどき　ふっと、いやな　かんじに　なることがありました。クラスの中《なか》で、藤井《ふじい》くんは　あまりにも、ひとりぼっちなのです。わたしは、藤井《ふじい》くんが　わらうのも、だれかと　話《はな》しているのも、たった　一度《いちど》だって、見《み》たことが　ありません。藤井《ふじい》くんが　声《こえ》をだすのは、授業中《じゅぎょうちゅう》に、先生《せんせい》に　あてられたときだけです。藤井《ふじい》くんは　勉強《べんきょう》ができるので、さっとこたえて、それで　おしまい。あとは、ひとことだって、話《はな》すこともなく、わらうことも　ないのです。それが、毎《まい》日毎日《にちまいにち》　つづくのです。休《やす》み時間《じかん》になって、みんなが　校庭《こうてい》に　とびだしていっても、藤井《ふじい》くんだけは、ぽつんと一人《ひとり》、教室《きょうしつ》に　のこっています。

その日《ひ》も　そうでした。

なにかのひょうしで、トオルくんが、藤井《ふじい》くんの　つくえの　そばでつまずいて、ころびそうに　なったのです。

「おい、おまえ。」

トオルくんが、藤井《ふじい》くんに　いいました。

「おまえ、その、くっせえ足《あし》を、わざと　だしたな。」

でも、そんなはずは　なかったのです。

藤井《ふじい》くんは、自分《じぶん》の席《せき》に　きちんと　すわって、教科書《きょうかしょ》を　見《み》ていたのです。足《あし》を出《だ》すどころか、できるかぎり、自分《じぶん》の　とる場所《ばしょ》が　すくなくてすむように、小《ちい》さくなっていたのです。

「おい、おまえ、きいてるのか？」

トオルくんの声《こえ》に、藤井《ふじい》くんは、もっと　もっと　小《ちい》さくなって、両《りょう》足《あし》を　ぴったりと　くっつけ、むねの前《まえ》に、両手《りょうて》を　ちぢめました。

「おまえな、くっせえくせに、たいどが、でかいんだよ。なっ、みんな、そうだろ？」

「そうだ、そうだ。」

「くっせえんだよ。」

トオルくんの　なかまたちが、はなを　つまんで、片手《かたて》で、顔《かお》の前《まえ》の空気《くうき》を、はらうような　まねをしました。まわりの子《こ》たちも、くすくすわらったり、つつきあったりするばかりです。それは、いつもと　おな

じことで、べつに、ふだんと　ちがうようなことは、なにひとつ、ありませんでした。でも　それは、教室《きょうしつ》じゅうに、

「おまえのほうが、もっと　もっと、くせえだろ！」

という声《こえ》が、ひびくまでのことだったのです。

その声《こえ》といっしょに、勇気《ゆうき》くんが、藤井《ふじい》くんを　かばうようにして、トオルくんの前《まえ》に、立《た》ちはだかっていました。

みんなは、いきを　のみました。

トオルくんは、クラスで　いちばん　大《おお》きい子《こ》です。勇気《ゆうき》くんは、小《ちい》さな　やせっぽちです。それに、トオルくんには、なかまがいます。

「なんだと？」

トオルくんが、ひくい声《こえ》でいうと、勇気《ゆうき》くんは、

「おまえのほうが、もっと　もっと　くさいって、そう　いったんだ！」

りんとした声《こえ》で、いいました。

「なんだ、この、なきむしが。」

トオルくんが　いうと、

「やれ！　やれっ！」

なかまたちが、さわぎたてます。

「勇気《ゆうき》くん……ぼくなら、いいんだ。なれてるから、ほっといて。」

藤井《ふじい》くんが、小《ちい》さな声《こえ》で、勇気《ゆうき》くんにいいます。その小《ちい》さな声《こえ》が、はっきりと　きこえるほど、教室《きょうしつ》は、しずまりかえっているのです。

ジョン！　ジョン！

まどの外《そと》で、いつかの　子《こ》スズメが、ないていました。

「おまえも、におうぜ。はなが　もげるような、においだぜ！」

トオルくんが　いうと、

「ばか。それは、自分《じぶん》の　においだろ！　くっせえのは、おまえだよ！」

勇気《ゆうき》くんが　いいました。

「おもしれえ、やる気《き》かよ。」

トオルくんが、勇気《ゆうき》くんにむかって、さっと　手《て》をあげたとき、するどい、パシッ！　という音《おと》が　ひびきわたりました。

はっと、いきを　のむようにして、トオルくんが、ほっぺたを　おさえて、あとずさりしました。勇気《ゆうき》くんが、目《め》にもとまらぬ　はやさで、トオルくんの　ほっぺたに、びんたを　はったのです。

ジョン！　ジョン！

ジョアン！　ジョアン！

どこかで、スズメのおやこが　さけんでいます。

でも　勇気《ゆうき》くんは　まだ、ないてはいませんでした。勇気《ゆうき》くんの目《め》に、

いきなり　なみだが　あふれはじめたのは、

「ひきょうもの！」

と声《こえ》をはりあげた、そのあとでした。

全員集合《ぜんいんしゅうごう》

「ひきょうもの！　みんな、みんな、ひきょうものだ！　藤井《ふじい》くんの、どこが、くさいっていうんだ？　もし、藤井《ふじい》くんが、くさいっていうのなら、だれだって、そのくらいは、くさいじゃないか。どんな　生《い》きものにだって、においは　あるよ。でも、そのにおいだって、いやな　においとは、かぎらない。なつかしい、すてきな　においだって、あるんだ。……ぼくは、まえにいた　学校《がっこう》の、いちばんの　友《とも》だちだった子《こ》の、なつかしいにおいを、いまだって、はっきり　おぼえてる。すき

だった　女《おんな》の子《こ》の、やさしい　においだって、まだ、わすれない。」
大《おお》きく見《み》ひらいた、勇気《ゆうき》くんの目《め》から、ぼろぼろ　ぼろぼろと、なみだが　こぼれおちます。勇気《ゆうき》くんは、あきれるほどの　なみだを、ぼろぼろと　こぼしながら、まったく　ふつうの、いつもどおりの声《こえ》で　話《はな》しつづけるのです。
「一対一《たい》のけんかで、くさいとかなんとか、そんなことを　いうのなら、それなら　ぼくは、かまいやしない。だけど、このクラスでは、そうじゃないんだ。みんなで、よってたかって、たった一人《ひとり》をあいてに、毎《まい》日毎日《にちまいにち》、ひきょうなことを、くりかえすんだ。ぼくは、そんなのは、がまんできない。そんなのは、いやなんだ。みんな、きいてる？」
勇気《ゆうき》くんの　なみだは、シャツの　むねを　ぬらし、ゆかの　上《うえ》にも、ぼろぼろと、こぼれおちます。

「……そんなの、ぼくは、がまんできない。ぼくは　いやだ。」

教室《きょうしつ》は　しずまりかえっていて、だれ一人《ひとり》、うごくものも　ありません。トオルくんも、なかまたちも、まるで、あきれかえったみたいに、勇気《ゆうき》くんの　なみだを見《み》つめて、立《た》ちつくしています。

「いいんだ。……いいんだってば、勇気《ゆうき》くん。」

藤井《ふじい》くんの　ささやく声《こえ》が、ひびきわたります。

「よくないよ。そんなことを　いうのなら、きみだって、ひきょうものの一人《ひとり》じゃないか！　よってたかって、女《おんな》の子《こ》にまで　ばかにされて、それでも　きみ、ほんとに、いいの？」

「ぼくなら、いいんだ。……だって、ぼくさえ　がまんすれば、それですむんだもの。」

「そうか。……そうなの。」

勇気《ゆうき》くんが、がっかりしたような声《こえ》でいった、そのときです。わたしたちが、なきむし勇気《ゆうき》くんの　なき声《ごえ》を、ついに　耳《みみ》にしたのは。

「くくっ！」

という声《こえ》を　あげると、勇気《ゆうき》くんは、トオルくんを　おしのけて、自分《じぶん》の席《せき》に　もどりました。つくえの上《うえ》に、両手《りょうて》をくんで　顔《かお》をふせ、背中《せなか》をふるわせて、勇気《ゆうき》くんは、声《こえ》をあげて、なきました。

ガタン！

と音《おと》がしたのは、藤井《ふじい》くんが、いきなり　立《た》ちあがったのです。

「……ごめん。」

藤井《ふじい》くんは、勇気《ゆうき》くんのそばに　かけよると、そっと、勇気《ゆうき》くんのかたに、手《て》をおいて、いいました。

「ごめん。……きみの　いうとおりだ。ぼくは、いくじなしの、ひ

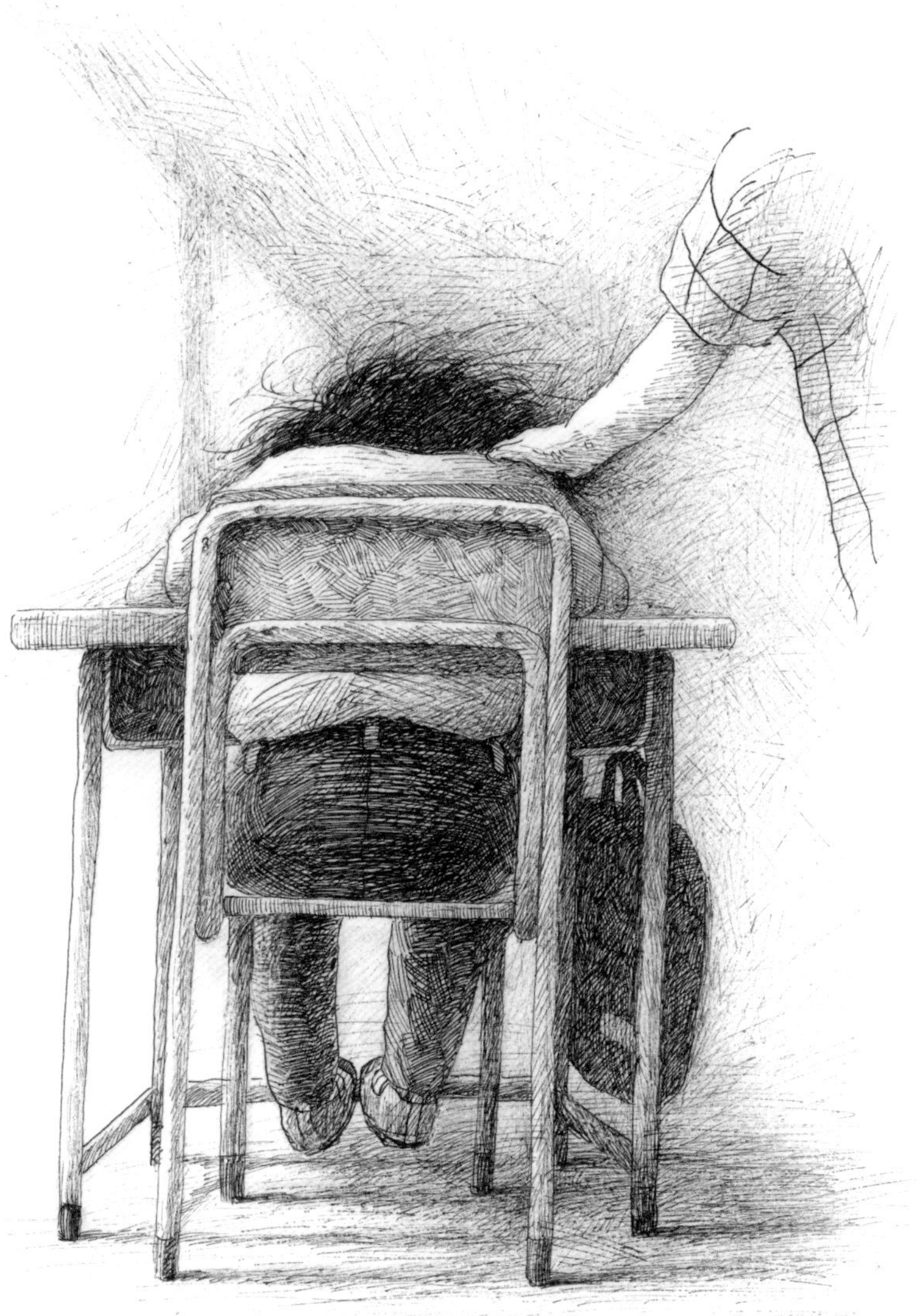

きょうものだった。……たとえ、あいてが　クラス全員《ぜんいん》だろうと、いけないことには、いけないいって、そういわなくちゃね。それが　ほんとうの　勇気《ゆうき》だもの。でも、ぼく、いくじなしだから、がまんするだけで、せいいっぱいだったんだ。……ね、かんべんして。」

ふしぎな、ふしぎなことが　おきたのは、そのあとでした。一人《ひとり》、また一人《ひとり》と、クラス全員《ぜんいん》が、勇気《ゆうき》くんの　つくえのまわりに、あつまったのです。あるものは、ふるえている　勇気《ゆうき》くんの、かたや背中《せなか》をなぜ、あるものは、そっと、なきじゃくる勇気《ゆうき》くんを　見《み》まもっていました。

もちろん、勇気《ゆうき》くんの　すぐそばには、藤井《ふじい》くんも　いたのでしたが、もうだれ一人《ひとり》、くさいと　いうものもなく、はなや口《くち》を、おさえるものもいませんでした。それどころか、そこにはなぜか、ガキ大将《だいしょう》の　トオ

ルくんと、そのなかまたちも、ひとかたまりになって、あつまっていたのです。

ああ！　なみだって、うつるのでしょうか？

なぜなら、なきながら　ふるえている　勇気《ゆうき》くんの、背中《せなか》を見《み》ている　わたしの目《め》にも、いつのまにか、なみだが、いっぱいに　あふれていたのです。わたしは、はっとして、あわてて、なみだを　ぬぐいました。

そして、あたりを見《み》まわすと、どの子《こ》も、どの子《こ》も、なみだぐんでいるのです。ガキ大将《だいしょう》のトオルくんまで！

いじめが終《お》わって、藤井《ふじい》くんが、元気《げんき》になりはじめた　このときから、わたしたちの　クラス全体《ぜんたい》が、なんだか、生《う》まれかわったみたいになって、毎日《まいにち》が、いままでよりも、ずっと　ずっと、たのしくなりました。

そして　わたしは、こんど　勇気《ゆうき》くんが、いつ　なみだをながすのか、それが、たのしみで　たのしみで、まちきれないような　気《き》がするのです。
まったく、勇気《ゆうき》くんは、へんな子《こ》です。
まったく、勇気《ゆうき》くんは、すてきです。

第《だい》2話《わ》　きかんぼ

ランドセルのおばけ

ランドセルが、かたかたと　鳴《な》っていました。

ランドセルというのは、ふしぎなもので、学校《がっこう》にいく　とちゅうでは、いつだって、しん！　としているのに、かえり道《みち》では、かたかたと　音《おと》をたてて、たのしそうに　うたうのです。でも、マサシが、

「おい、あれ、見《み》ろよ！」

といったとき、ツバサの　せなかの　ランドセルは、ぴたり！　と鳴《な》りやみました。そして　ツバサは、

〈ちえっ、まただ。……いやになる！〉

と思《おも》ったのです。

マサシが　指《ゆび》さした　さきでは、なにか、へんなものが　うごいていました。

――いいえ。それは、なにか　へんなものでは　なくて、ただの　ランドセルだったのですが、でも、ランドセルのかたまりなのです。

〈ちえっ、ドジ！　また　ドウコだ。〉

ツバサは　思《おも》いました。

〈ドウコ〉というのは、〈道子《みちこ》〉のことで、それは、ツバサと道子《みちこ》だけにわかる、あだ名《な》のようなものでした。その道子《みちこ》が、ランドセルの　かたまりみたいになって、とぼとぼと　歩《ある》いているのです。

「ひえーっ！　ランドセルのおばけ。」

マサシが　いうと、ユウイチが、げらげらと　わらいました。でもツバサは、なんだか、むねが　いたくなるような　気《き》がするのです。
おいついてゆくと、道子《みちこ》が、四つのランドセルを　はこんでいるのがわかりました。ふつう、ランドセルは〈せおう〉というのですが、せなかは　ひとつしか　ないのですから、四つのランドセルを、せおうことは　できないのです。ですから　道子《みちこ》は、せなかに　ひとつと、おなかに　ひとつ、それから、りょうほうの　かたに　ひとつずつ、ランドセルを　ぶらさげて、のろのろと　歩《ある》いていました。大《おお》きな　ランドセルの山《やま》から、小《ちい》さな　おかっぱ頭《あたま》が、ぴょこんと　とびだしていて、ランドセルの下《した》は、ほとんど　いきなり　足《あし》でした。
「は、は、はっ！　ランドセルのおばけ！」
おいこしぎわに　マサシがいうと、道子《みちこ》は、ぱっと　ふりむいて、わ

らいました。それから、りょう手《て》が　ふさがっているので、首《くび》をふって、目《め》のまえの　まえがみを　はらうと、

「へん！　おばけには、足《あし》が　ありませんよーだ。」

といいました。それから　ツバサを見《み》て、小《ちい》さな声《こえ》で、

「バイバイ、羽田《はねだ》くん。」

といいました。

　ツバサは、はっとして、わざと　大《おお》きな声《こえ》で、

「あいつ、いつだって　ジャンケンに　まけて、ランドセルを　はこぶ役《やく》なんだ。たまには、勝《か》てないのかよ。なっ！」

といいました。でも、むだでした。ユウイチが、ふしぎそうに、

「おい　ツバサ、おまえ　中村《なかむら》だろ？　どうして　あいつ、羽田《はねだ》くんって　いったんだ？」

ときいたからです。

「そんなこと、しるかい。いいまちがえたんだろ。それとも、だれかと、まちがえたか。」

ツバサがいうと　マサシが、

「へんだな。羽田《はねだ》なんてやつ、学校《がっこう》に　いたかな。」

といいました。

ツバサは　もう、へんじも　しませんでした。ただ、なんだか　あせばむような、はらがたつような気《き》もちで、

〈ちえっ、ドウコのやつ。まったく　もう、いやになる。〉

と思《おも》っていました。

ツバサの〈ツバサ〉という　名《な》まえは、漢字《かんじ》で〈翼《つばさ》〉と書《か》くのです。ですから

その字《じ》を　ばらばらにすると、〈羽田共《はねだきょう》〉に　なるのです。ですから

道子《みちこ》は、むかしから　ツバサのことを、かってに〈羽田《はねだ》くん〉とか〈共《きょう》くん〉とか、よぶことがあったのです。ツバサは　しかえしに、道子《みちこ》の〈道《みち》〉の字《じ》をばらばらにして、へんなあだ名《な》を　つけてやろうと思《おも》いましたが、〈道《みち》〉の字《じ》は、うまく　ばらばらにならないので、〈ドウコ〉とよぶことに　したのです。

でも　それは、ツバサと　道子《みちこ》だけの　ひみつで、だれもしらないことでした。そのひみつを、さっき道子《みちこ》は、ばらしたのです。

ツバサは、うしろを　ふりむいてみたいのに、やせがまんをするようにして、どんどん　歩《ある》きました。歩《ある》いても、歩《ある》いても、すぐうしろに、ランドセルを　四つももった　ドウコが、はあはあと　いきを　きらせて、ついてくるような気《き》がします。

ももいろの〈ひみつ〉

ツバサは、みんなと　わかれて　家《いえ》に　かえってからも、

〈……ドウコのやつ。〉

と思《おも》いつづけました。

ツバサは、いままでに　どれくらい、ランドセルのおばけになったドウコを見《み》たか、かぞえきれないほどなのです。ほかの女《おんな》の子《こ》は、ドウコが　ジャンケンに　よわいのを　しっていて、あんなゲームを　しかけるのです。ですからツバサは、体《からだ》の小《ちい》さい　ドウコが、ランドセルの

郵 便 は が き

おそれいりますが切手をおはりください。

103-0001

〈受取人〉

東京都中央区日本橋小伝馬町9－10

株式会社 理論社

読者カード係 行

お名前（フリガナ）

ご住所 〒 TEL

e-mail

書籍はお近くの書店様にご注文ください。または、理論社営業局にお電話ください

代表・営業局：tel 03-6264-8890 fax 03-6264-8892

理論社

http://www.rironsha.com

ご愛読ありがとうございます

読者カード

●ご意見、ご感想、イラスト等、ご自由にお書きください。

●お読みいただいた本のタイトル

●この本をどこでお知りになりましたか？

●この本をどこの書店でお買い求めになりましたか？

●この本をお買い求めになった理由を教えて下さい

●年齢　　　歳　　　　●性別　男・女

●ご職業　1. 学生（大・高・中・小・その他）　2. 会社員　3. 公務員　4. 教員
5. 会社経営　6. 自営業　7. 主婦　8. その他（　　　　　）

●ご感想を広告等、書籍のＰＲに使わせていただいてもよろしいでしょうか？

（実名で可・匿名で可・不可）

ご協力ありがとうございました。今後の参考にさせていただきます。

入いただいた個人情報は、お問い合わせへのご返事、新刊のご案内送付等以外の目的には使用いたしません。

おばけになっているのを　見《み》るたびに、むねがいたむような、はらがたつような　気《き》がするのです。

〈だいたい、あいつは　ドジなんだ。〉

ツバサは　思《おも》います。

給食当番《きゅうしょくとうばん》なんかの　ときだって、ドウコは　いつも、スープだの　カレーだの、人《ひと》のいやがる、あつかいにくいものを　はこぶ役目《やくめ》に　なるのです。いつだって、そうなのです。そんなドウコを　見《み》るたびに、ツバサは　いつも、いらいらします。

〈でも、おれに、なにが　できるんだよ?〉

ツバサと道子《みちこ》は、二けんおいて　となりどうしの、おさななじみでした。

ツバサが　まだ、〈翼《つばさ》〉という　字《じ》が　書《か》けないうちに、道子《みちこ》は、そ

の字《じ》を　おぼえました。あかんぼうのころから、あそぶときは　いつもいっしょでしたし、幼稚園《ようちえん》にだって、手《て》をつないで　かよったのです。小学校《しょうがっこう》に　入《はい》っても、一年《ねん》ぼうずのときは、そうでした。でも、二年生《ねんせい》の　二学期《がっき》にもなると、だんだん、男《おとこ》の子《こ》は　男《おとこ》の子《こ》どうし、女《おんな》の子《こ》は女《おんな》の子《こ》どうしになって、もう、そんなことは　しないのです。

だからといって　ツバサは、さびしいとも、なんとも　思《おも》ってはいませんでした。でも　やっぱり、ドウコのことは、気《き》になるのです。

〈あれは、いつだったかな。……そうだ。夏休《なつやす》みのまえだ。〉

ツバサは　思《おも》います。

そのときも　ドウコは、ランドセルの　おばけになって、とぼとぼと歩《ある》いていました。たまたま　ひとりだった　ツバサは、

「かせよ、はこんでやるから。」

といいました。すると、きかんぼのドウコは、

「ほっといて！」

といったのです。そして、

「みんなは、あたしを　信用《しんよう》して、ランドセルを　あずけたのよ。男《おとこ》の子《こ》が　さわったなんて、そんなことが　ばれたら、きっと、いやがるわ！」

といったのです。そして　ドウコは、あせをかきかき、もくもくと、歩《ある》きつづけたのです。

あれは　夏休《なつやす》みのまえのことで、いまは、サザンカのさきはじめた冬《ふゆ》だというのに、ドウコは、ひたいに　あせをかいて、歩《ある》きつづけていました。そして、そのときも、

「バイバイ、羽田《はねだ》くん。」

といったのです。

そこまで　思《おも》いだしたツバサは、きゅうに　ドキン！　として、せなかに　びっしょりと　あせをかきました。どこか、とおい　とおい　過《か》去《こ》の国《くに》から、

「ももいろパンツ！」

という声《こえ》が　とどいたのです。

〈たいへんだっ！　……どうしよう。〉

ツバサは、がっくりとして　思《おも》いました。

〈もう、だめだ。……ぜつぼうてきだ。〉

と思《おも》いました。

すると　目《め》のまえに、ありありと、ドウコの　ももいろのパンツをはいた、はだかの自《じ》分《ぶん》が、うれしそうに　わらいながら、V《ブイ》サインを　だ

している　すがたが見《み》えました。
二歳《さい》か、二歳半《さいはん》くらいの　自分《じぶん》です。

そのとき　なにが　あったのか、ツバサは、なにも　おぼえていません。ただ、おもらしをしたのでは　ないことを、いのるばかりです。

いつだったか、道子《みちこ》の家《いえ》で、むかしの　アルバムを　見《み》ていたときに、その写真《しゃしん》が、ぱっと目《め》に　とびこんできたときの、なぐられたようなショックを、ツバサは、わすれることが　できないのです。そればかりでは　ありません。

「ツバサちゃんはね、道子《みちこ》の　ももいろのパンツが、すきですきで、どうしたって、ぬごうとは　しなかったのよ。」

と、道子《みちこ》のお母《かあ》さんは、いったのでした。ドウコは、おなかを　かかえて、

2
アルバ
みちこ

「あは、は！」

とわらいました。それから、なにか　あるたびに、きかんぼの　ドウコは

「やい、ももいろパンツ！」

というのです。

やっぱり　いつだったか、ツバサは　その　おそろしい写真《しゃしん》を、こっそりと、ぬすもうとしたことが　ありました。でも　ドウコに　見《み》つかって、ドウコは　その写真《しゃしん》を、どこかに　かくしてしまったのです。

〈だめだ。……ぼくの人生《じんせい》は　もう、まっくらだ。ぜつぼうてきだ。〉

これから、どんなに勉強《べんきょう》して、えらくなったって、どんなぼうけんをして、有名《ゆうめい》になったって、むだだ。ドウコが、ただ　ひとこと、

「ももいろパンツ！」

とささやいただけで、ぼくは、まっさかさまに、おちていく。それどこ
ろじゃない。きょう、みんなのまえで、
「バイバイ、羽田《はねだ》くん。」
といったように、あいつが　いつ、みんなに、ももいろパンツのことを、
ばらさないとも　かぎらない。……そうなったら、それこそ　もう、お
しまいだ。
〈……よーし。〉
ツバサは　思《おも》いました。
〈もし　ドウコのやつが、そんなことを　したら、ぼくは、ふくしゅう
の　おにになって、しかえしをしてやる。〉
でも　ドウコが、ショックを　うけるような、はずかしがるような
できごとなんて、なにひとつ、思《おも》いだすことが　できないのです。

〈……あのことなら、どうだろう？〉

やがて、ツバサは　思《おも》いました。

それは　まだ　ふたりが、幼稚園《ようちえん》に　かよっていたころのことです。公園《こうえん》で　オタマジャクシの　大群《たいぐん》を　見《み》つけたのに、入《い》れるものが　なんにも　ありませんでした。そのときドウコは、じーっと　ツバサのくつを　見《み》つめていたかと思《おも》うと、「あんたの、その　くつ！」といったのです。それでツバサは、しかたなしに、くつを　かたほう、ぬいだのです。ドウコは　それに、ごっそりと、オタマジャクシを　すくって入《い》れました。でも、ツバサの　入《い》れものは？　しかたなしに　ツバサは、もう　かたほうの　くつも　ぬぎました。そして　けっきょく、ツバサひとりだけ、はだしで　家《いえ》にかえったのです。

〈……で、それで　どうした？　なんといって、あいつを、ばかにすれ

ばいいんだ？「やい、オタマジャクツ！」ってか。……だめだ。もいろパンツには、かなわない。〉

ツバサは　まるで、自分《じぶん》が、四つの　ランドセルを　はこんでいるみたいに、重《おも》い気《き》もちに　なりました。

うちあけ話《ばなし》

〈ちえっ、いやになる。……また、あいつだ。〉

ツバサは、あきれはてました。

もう　小学生《しょうがくせい》なんか　ひとりもいない、うすぐらく　なりはじめた道《みち》を、とぼとぼと、ランドセルのおばけが　歩《ある》いているのです。

夕《ゆう》ぐれの空《そら》は、いまにも　雨《あめ》がふりだしそうで、小学生《しょうがくせい》どころか、おとなの　すがたも　見《み》えない、住宅街《じゅうたくがい》の、がらんとした　広《ひろ》い道《みち》です。

ツバサは、お母《かあ》さんの　おつかいで、自転車《じてんしゃ》で、商店街《しょうてんがい》まで、ひとっぱ

しりしてきた　かえりです。

「どうしたんだよ、いまごろ。」

ツバサの自転車《じてんしゃ》の　ブレーキの音《おと》が、さけぶように　鳴《な》りました。

「あっ、びっくりした。……なんだ　ツバサくんか。」

うつむいて　歩《ある》いていた　ドウコが、いきなり　顔《かお》をあげて、ぱっとわらうと、まるで、夕《ゆう》やみのなかで、白《しろ》いサザンカの花《はな》が　さいたようでした。

「なんだ、じゃないだろ？　こんな時間《じかん》に、どうしたのさ。みんなは？」

「さむいから、コンビニに　いるって。図書館《としょかん》に　よりみちしてたんだ。」

「あきれたな。」

ツバサは　自転車《じてんしゃ》を　おしながら、ドウコのよこを　歩《ある》きました。ドウコは　やっぱり、まえと、うしろと、りょうかたに、ランドセルをひとつずつ　ぶらさげて、いきをきらせて　歩《ある》いています。

「なんだか、うすぐらくて、だれもいなくて、おばけが　でやしないかって、こわかった。」

「ちえっ。自分《じぶん》こそ　ランドセルの　おばけじゃないか。」

ドウコの頭《あたま》は、四つのランドセルの　まんなかに、まるでカメの首《くび》みたいに　のぞいているばかりで、そのすがたは、おばけというよりも、ランドセルをはこぶ　ロボットみたいです。

「冬休《ふゆやす》みに、特訓《とっくん》してやる。」

ツバサがいうと、ドウコが、

「なんの？」

とききました。

「なんの？　じゃないだろ。ジャンケンだよ、ジャンケン。ジャンケンには、グー、チョキ、パーしか、ないんだろ。だったら、三回《かい》に一回《かい》ぐらいは　勝《か》てるはずだろ？　なんだって、いつも　いつも、はこび役《やく》ばっかり、やらされてるんだよ。」

「……だって。」

ぽつんと　いった　ドウコの　ことばのように、そのとき、ぽつんと、雨《あめ》が　おちてきました。

「たいへんだっ！　ぼく、いそがなくちゃ。おきゃくさんがくるんで、母《かあ》さんがまってるんだ。ぼく、母《かあ》さんが　買《か》いわすれたユズを、買《か》ってきたんだ。」

すると、ランドセルの　まんなかの、ドウコの　かおの　まんなかで、

ドウコの目《め》が　ふっと、がっかりしたように、くらくなりました。ツバサは、自転車《じてんしゃ》のまえかごから、家《いえ》をでるとき、そこに　ほうりこんできた　おりたたみ式《しき》の　かさを　とりだして、

「そんなに、まえも　うしろも、右《みぎ》も　左《ひだり》も、ランドセルだらけじゃ、かさも　させないだろ。それでも、男《おとこ》の子《こ》は　信用《しんよう》できないから、ランドセルを、あずけられないって、そういうんだろ？」

というと、きかんぼの　ドウコが、

「ううん。ほかの人《ひと》のは　こまるけど、あたしのだけ、たのめる？」

といいました。

でも、その〈あたしのランドセル〉が、おろせないのでした。なにしろ、自分《じぶん》のランドセルの　かたバンドの上《うえ》に、何本《なんぼん》もの　かたバンドが、かさなりあっているのです。

雨《あめ》のあたらない　木《き》の下《した》で、ひとつ　ひとつ、ランドセルを　おろすドウコを見《み》ながら、ツバサは　いらいらして、また、

〈ちえっ。……いやになる。〉

と思《おも》いました。

そのときドウコが、びっくりするようなことを　いいました。

「ツバサくん、あたしね。」

ドウコは　いいます。

「ジャンケン、あたし、わざと　まけてるの。」

「なんだって？」

ツバサは　おどろいて、ききかえしました。

「あたしの　まえは、ミサキちゃんが　まける役《やく》だったの。あの子《こ》、ドジで、ジャンケンだって　ほんとに　へたくそなんだ。だって、ジャン

ケンポンの　ポン！　のまえに、手《て》が　もう、つぎに　だすものの　かたちに　なってるんだもの。……で、それを　いいことに、みんな、いつも　いつも、ミサキちゃんに　ランドセルを　はこばせてたの。それで　あたし、よし、わかったって　思《おも》ったの。あたしが、かわるって。」

ツバサは、ぽかんとして、なにがなんだか　わからないような気《き》もちで、きいていました。ドウコは、つづけます。

「だって、もし　それがジャンケンなら、勝《か》つか　まけるかは、やってみなくちゃ　わからないのよ。まける役《やく》の　きまった　ジャンケンなんて、ゲームじゃないわ。そんなの、ひきょうだし、だいいち、おもしろくない。あたし、こうなったら、意地《いじ》なの。あの子《こ》たちが　いつまで、へいきで　こんなことを　つづけられるか、あたしが　めげちゃうか。……でも、ほんとは　さっき、あたし、めげそうだったの。だから、たすかった。……ありがとう、ツバサくん。」

「い、いや、いいんだ。」

ツバサは、むねを　どきどきさせて　口《くち》ごもりながら、バン！　と音《おと》をたてて、かさを　ひらきました。すると、

「ツバサくん、ぬれない？　だいじょうぶ？」

ドウコが　いいました。

「へいきさ、これくらいの雨《あめ》。」

「あたし　あとで、ちょっとだけ　よるから。」

「わかった。じゃあね。」

ツバサは、また、ランドセルの　おばけになりはじめた　ドウコをのこして、走《はし》りはじめました。

「サンキュー！　ありがと、サンキュー！　ツバサくん、また　あと

でっ！」

ドウコの声《こえ》が、おいかけてきます。

ぐんぐん走《はし》る　ツバサの　自転車《じてんしゃ》の　まえかごのなかで、ドウコのランドセルが、かたかたと　鳴《な》っていました。

〈そうか。……そうだったのか。〉

ツバサは、くりかえし　くりかえし、なぜだか、わくわくしながら、思《おも》いました。そして、くりかえし　くりかえし、

〈ちえっ。……きかんぼめ！〉

と思《おも》うのです。

あのきかんぼが、たったひとりで　そんなことを　していたなんて！

それなのに　ぼくらは、〈ランドセルのおばけ〉だなんて、よんでいたんだ！　あいつ　きっと、歯《は》をくいしばって、がまんしていたんだ！

くそっ、まいったな！

ツバサはもう、ももいろパンツのことなんか、思《おも》いだしもしませんでした。ただ、むねいっぱいに、

〈ランドセルが、かたかたと　鳴《な》っている。……あのきかんぼは、ずーっと　ぼくを、信《しん》じてたんだ。それなのに、なんてことだ。ぼくときたら、なんにも、わかっちゃいなかったんだ。〉

と思《おも》いつづけていました。

〈あの、きかんぼの、ランドセルのおばけの、力もちめ。かくれて、たったひとりで、そんなことを　していたなんて。……よし。ぼくだって、まけるもんか！〉

なんだか　ツバサは、走《はし》っているのではなく、空《そら》をとんでいるような気《き》がしました。

すると、ぽつぽつと　ふっていた雨《あめ》が、雪《ゆき》にかわっています。
〈はつ雪《ゆき》だ！〉
ツバサは、まるで　自分《じぶん》の名《な》まえ　そのままに、とぶように　走《はし》って
ゆきました。

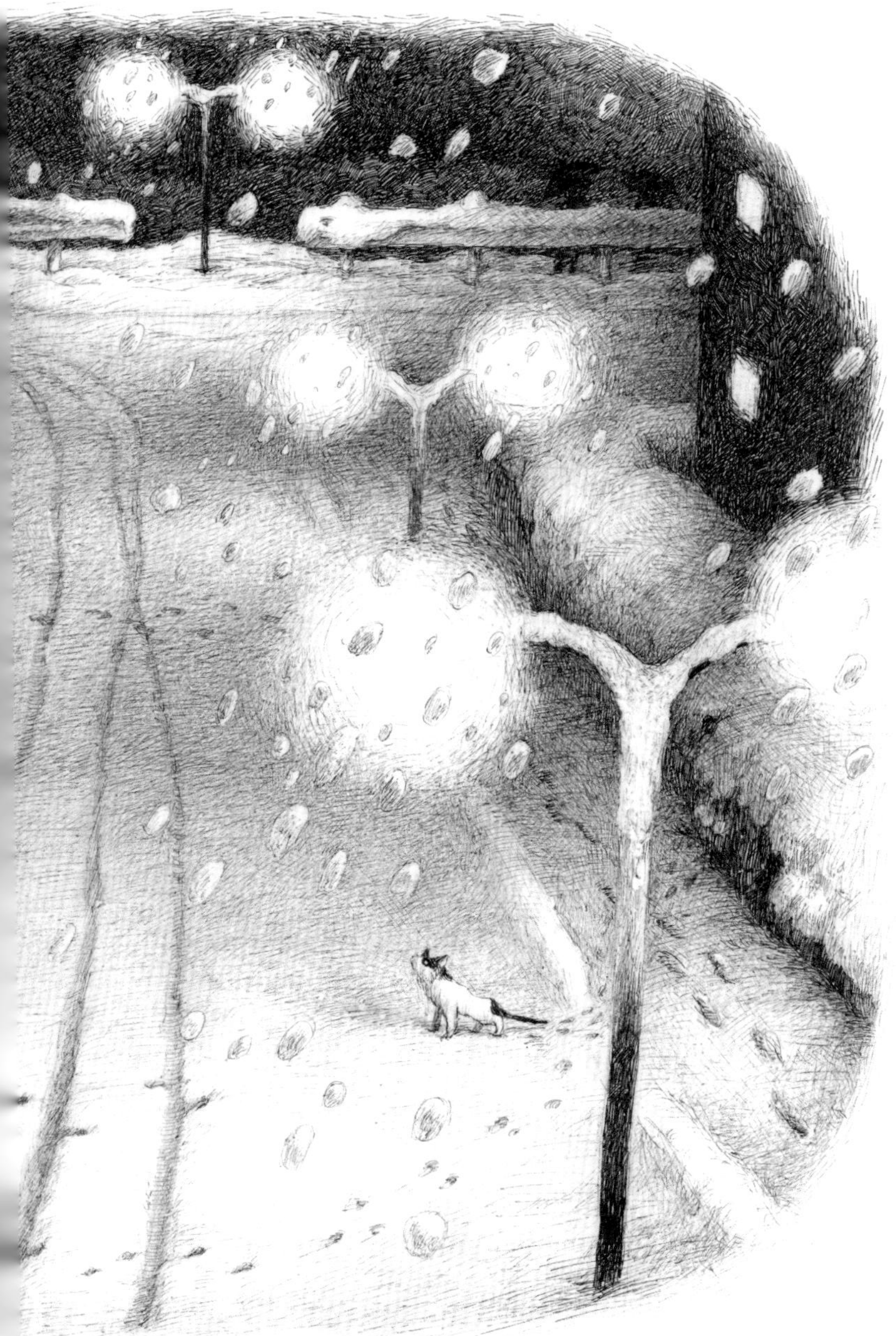

「夢《ゆめ》の国行き夜行列車」——あとがきにかえて

いまむらあしこ

子どものころ私《わたし》は、山あいを流れる大川のほとりの、百年も昔にたてられた古い家に住んでいました。古い家のまわりには、田んぼがひろがっていて、窓《まど》をあけると、田んぼのむこうに鉄道線路が見えました。

列車は、一日に朝と昼と夕方の数回しか通りませんでした。村の人が寝《ね》しずまったころ、最終《さいしゅう》の夜行列車が通過《つうか》してゆきます。

私はその夜行列車が、夜のなかを通り過《す》ぎてゆく、さびしそうな音をきくのがすきでした。夜の向こうに、列車の音がきえていってもまだ、じっと耳をすましていました。つまらなく、たいくつなとき、夜行列車は、私をはるか遠くの夢の国につれていってくれました。

夜のむこうの夢の国は、すてきなところでした。夢の国では、子どもでも、どこまでもどこまでも遠くまで行くことができるのでした。女の子であっても、冒険《ぼうけん》や探検《たんけん》ができたのです。

それから、長い長いときがすぎて、私は大人になり、大川のほとりの古い家を出て、大きな街《まち》に住むようになりました。

大きな街には大川もなく、田んぼのむこうを走る夜行列車もありませんでした。そのかわりに、かぞえきれないほどたくさんの人がいて、私はそのなかの何人かの人と、友達《ともだち》になりました。

友達のなかには、年をとった人も若《わか》い人も、男の人も女の人も、幼《おさな》い人もいました。また、働《はたら》いている人たちのなかには、めぐまれない子どもたちのために学園をひらこうとしている人も、絵を描《か》く人も織物《おりもの》を織《お》る人も、貧《まず》しい村を豊《ゆた》かな村にかえようとしている人もいました。

私は、その人達《ひとたち》の心のなかに、かつて子どもだった私がそうであったように、夢の国行きの夜行列車が走っていることを知りました。私の夜行列車には、私《わたし》ひとりしか乗っていませんでしたが、大きな街《まち》の頭上はるかかなたを走る夜行列車には、たくさんの人が乗っていました。街には街の夢《ゆめ》の国行きの夜行列車が走っていたのです。

そのころから、私は、おはなしを書きはじめました。そのおはなしを、友達《ともだち》が読んでくれました。友達は、おもしろいとか、よかったよ、といってくれました。なにもいってくれないときもありました。そんなときは、がっかりして、泣《な》きたくなりました。私は、それらのおはなしを、出版社《しゅっぱんしゃ》にもって行きました。すると、おはなしは本になって、本屋さんに並《なら》ぶようになりました。それは、まったく信《しん》じられないことでした。

「なきむし」も「きかんぼ」も、そんなふうにして、私の夢の国行きの夜行列車から生まれてきたおはなしです。「なきむし」は、転校生とスズメが教室にやってきたある日のおはなしです。「きかんぼ」は、下校途中《とちゅう》のかえり道に、ランドセルを四つもはこんでいる女の子と、すれちがうところからはじまります。

転校生がやってくることも、下校途中のかえり道に友達のランドセルをはこぶことも、子どもたちはよく知っています。しかし、これが、のっぴきならないことになってゆきます。のっぴきならないそのことを、たったひとりで引き受けるのが、「なきむし」と「きかんぼ」に登場する、すてきな主人公たちなのです。

主人公たちは、とくべつな子どもではありません。どちらかというと、どこにでもいるめだたない子どもです。勉強ができるというわけでもなく、スポーツが得意《とくい》というわけでもありません。それなのに、なぜだか、のっぴきならない、そのことを、たったひとりで引き受けるのです。たぶん、その子は、そうせずにはいられなくて、そうするのでしょう。そのことを、その子たちのまわりにいる子どもたちが気づくとき、のっぴきならない状《じょう》態《たい》から新しい世界が立ちあらわれてくるのです。そして、まさにそのとき、まわりの子どもたちは、主人公をふかく理解《りかい》し、そこに友情《ゆうじょう》というものを発見するのです。

でも、友情って何でしょう？　説明《せつめい》しようとすると、これほどむずかしいことはありません。その理由は、友情というものは説明してわかることではなくて、心で経験《けいけん》してはじめてわかることだからです。

友情の反対は、いじめです。いじめはいけないことです。だれでも、いじめはいけないといいます。それなのに、いじめはなくなりません。私《わたし》たちの国では、いじめは昔から続《つづ》いています。いまもです。いじめはいけないと、何百万、何千万回いうよりも、友情というものがあることを知っていれば、いじめはぜったいにおこらないと私《わたし》は思います。

そのような友情というものが、子どもたちの心にどのようにしてめばえ、どのようにしてはぐくまれるのかを描《えが》いたのが、「なきむし」と「きかんぼ」です。友情というものがめばえるという心の経験は、じつは、たいへんなことなのです。心の経験には、涙《なみだ》と笑《わら》いの魔法《まほう》があって、ふしぎなことですが、この大切な涙と笑いの魔法を私に教えてくれたのは、「なきむし」と「きかんぼ」に登場する子どもたちでした。おはなしを書いていると、ときどき、こんなことがおこります。

＊

なお、「なきむし」と「きかんぼ」は、もともとは、それぞれが一冊《さつ》の本として、『きかんぼ』は一九九七年、『なきむし』は二〇〇〇年に文研出版から出版《しゅっぱん》されたものです。このたび、さし絵も新しく描《えが》き、二冊を一冊にして理論社から新装版《しんそうばん》として出版することになりました。「なきむし」と「きかんぼ」の新しい旅立ちです。関係者《かんけいしゃ》の皆様《みなさま》、および、それぞれのおはなしに、印象《いんしょう》深いさし絵を描いてくださった、にしざかひろみさんに感謝《かんしゃ》いたします。

二〇一八年　早春

いまむら あしこ(今村葦子)

熊本県に生まれる。児童文学作家。『ふたつの家のちえ子』(評論社)で、野間児童文芸推奨作品賞、坪田譲治文学賞、芸術選奨文部大臣新人賞を受賞。同作品および『良夫とかな子』『あほうどり』(ともに評論社)で路傍の石幼少年文学賞、『かがりちゃん』(講談社)で野間児童文芸賞、『ぶな森のキッキ』(童心社)で絵本にっぽん大賞、『まつぼっくり公園のふるいブランコ』(理論社)でひろすけ童話賞を受賞。近刊に『ひとりたりない』『なきむしこぞう』(理論社)がある。

にしざか ひろみ

1979年神奈川県に生まれる。多摩美術大学グラフィックデザイン学科卒業。個展などで絵を発表するなかで、美術新人賞デビュー2017準グランプリ、第10回世界ポスタートリエンナーレトヤマ2012入選など、絵画・ポスター・装画のコンペティションで入賞・入選多数。本のさし絵に「ラビントットと空の魚」シリーズ(福音館書店)『オズの魔法使い』(新潮文庫)「予言村」シリーズ(文春文庫)『つくえの下のとおい国』(講談社)などがある。

なきむし

作者　いまむら あしこ
画家　にしざか ひろみ
発行者　内田克幸
編集　芳本律子
発行所　株式会社 理論社
〒103-0001　東京都中央区日本橋小伝馬町9-10
電話　営業 03-6264-8890　編集 03-6264-8891
URL　http://www.rironsha.com

印刷　図書印刷
本文組　アジュール

2018年3月初版
2018年3月第1刷発行

装幀　水崎真奈美

＊本書は文研出版刊『なきむし』(2000年刊)『きかんぼ』（1997年刊）に加筆し復刊した合本新装版です。

ISBN978-4-652-20255-5　NDC913　A5変型判　21cm　92P

くろねこのどん

岡野かおる子 作　　上路ナオ子 絵

なかよくなりたいな……自由に生きるくろねことの友情の育てかた。

レイナが島にやってきた！

長崎夏海 作　　いちかわなつこ 絵

始業式にガジュマルの木の上で歌っていた転校生はケイヤク子ども？